Châlons-sur-Marne.

CONFÉRENCES LITTÉRAIRES

ET SCIENTIFIQUES.

LE CHARBON

DANS SES APPLICATIONS INDUSTRIELLES.

DEUX CONFÉRENCES, PAR M. GUY

Directeur de l'École Impériale d'Arts et Métiers.

CHALONS

H. LAURENT, IMPRIMEUR-LIBRAIRE, RUE D'ORFEUIL, 14—16.

1865

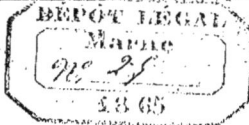
Châlons-sur-Marne.

CONFÉRENCES LITTÉRAIRES

ET SCIENTIFIQUES.

LE CHARBON

DANS SES APPLICATIONS INDUSTRIELLES.

DEUX CONFÉRENCES, PAR M. GUY

Directeur de l'École impériale d'Arts et Métiers.

CHALONS

H. LAURENT, IMPRIMEUR-LIBRAIRE, RUE D'ORFEUIL, 14—16.

1865

PREMIÈRE CONFÉRENCE

20 janvier 1865.

I.

MESDAMES, MESSIEURS,

Si nous portons ensemble nos regards sur les nombreuses conquêtes de l'industrie et de la science, il en est une qui nous frappera tout d'abord par sa puissance et sa rare fécondité, par les mille applications qu'elle a fait naître, les ressources qu'elle a créées et les horizons nouveaux qu'elle a ouverts à l'intelligence et à l'activité humaines. Je veux parler de la vapeur. La vapeur, c'est-à-dire la force; aveugle, si vous le voulez, mais illimitée, infinie, infatigable dans son action; véritable levier d'Archimède, avec lequel, en ce moment et sous nos yeux, est remué le monde.

Voyez, par exemple, cette locomotive, ce coursier, pour parler comme le poète, aux muscles de fer et d'acier, à la poitrine, à l'haleine de feu. Il va, il dévore l'espace; avec lui plus de distance, pour ainsi dire. Vous quitterez Châlons à l'aube, et le soir, si vous le voulez, et pour parler encore comme le poète, vous foulerez le sol de la perfide Albion.

Quelle merveille ! et que diraient nos pères, si la pierre de la tombe se descellait sur eux. Eh bien ! Messieurs, cette vitesse qui déjà nous est une fortune, en raison de cette maxime américaine, ou plutôt, de la maxime aujourd'hui de toutes les nations civilisées, et de la France

1

en première ligne : *Le temps, c'est de l'argent; le temps, c'est le succès, c'est la fortune, c'est la victoire.* Eh bien, cette vitesse extrême de la veille, voilà qu'elle nous est devenue presque de la lenteur. Elle nous a tellement gâtés, cette vapeur, elle nous a tant et tant habitués à ses miracles, que nous voilà tout prêts, si nous l'osons, à lui demander la rapidité du télégraphe.

Et ces vaisseaux, ces paquebots, ces villes flottantes, emportés par la vapeur sur les océans, unissant les continents anciens et les mondes nouveaux ; osant à l'heure de leur départ fixer l'heure de leur retour, et réglés ainsi dans leurs courses jusqu'aux confins du monde, avec la précision, avec l'exactitude, presque, de nos anciennes malles-postes.

Telle est la vapeur, Messieurs ; je ne la surfais pas. La reine du travail ; reine sur la mer, reine sur la terre ; l'un des plus puissants véhicules de la civilisation, le trait-d'union des peuples. La voyez-vous à l'heure présente ; elle perce l'isthme de Suez. Ce n'est pas seulement M. de Lesseps ; ce n'est pas le vice-roi d'Egypte ; ce n'est pas la France, ce n'est pas l'Angleterre. C'est elle, surtout et avant tout, qui va mettre l'Inde à quelques journées de Marseille.

Plus près de nous elle éventre les Alpes, et réalise là bas le grand mot de Louis XIV sur les Pyrénées.

Et notre Châlons, Messieurs, nous pouvons en parler, nous sommes en famille. Châlons, cette calme oasis, que ne brûle pas la fièvre industrielle ; qui ne se laisse pas emporter aux ardeurs du travail et de la production ; vous le voyez, elle aussi elle a son petit curage de canal à la vapeur.

Ainsi, Messieurs, et de plein droit, la vapeur est associée à toutes les grandes œuvres de notre époque ; ainsi, et par elle, le XIXe siècle a son nom, et la postérité n'y contredira pas. Nous vivons dans le siècle de la vapeur.

Cela étant, par quelle transition, par quel détour attirer vos regards sur cette substance terreuse, sur ce bloc informe et sans couleur, la houille, qui doit former le sujet principal de l'entretien que j'ai l'honneur de présenter à votre bienveillante attention.

Or, messieurs, il faut rendre à César ce qui est à César, et au charbon ce qui est au charbon. Tous ces miracles du travail, ces merveilles de la locomotion, le vieux Neptune vaincu, les peuples rapprochés, les vallées franchies, les montagnes ou supprimées ou déplacées, c'est à la houille que nous le devons. La vapeur, cette reine qui se présentait à nous tout-à-l'heure escortée de toutes les grandeurs, elle porte à son front une couronne d'emprunt. Le véritable roi, le voici : c'est le Roi-Charbon.

L'eau qui se trouve répandue en si grande abondance à la surface du globe, qui remplit, chimiquement et physiquement, un rôle si essentiel et si considérable dans la plupart des phénomènes naturels, elle est par elle-même inerte et impuissante. Elle est, remarquez-le bien, Messieurs, l'intermédiaire seulement de ces causes mystérieuses, en jeu dans le travail des êtres, qui, sous les noms de *gravitation, d'affinité*, de *chaleur*, de *lumière*, d'*électricité*, sont comme les invisibles attaches de la matière avec le divin Constructeur.

Ainsi quand l'eau est appliquée à faire tourner les roues de nos usines ; quand vous la voyez soulever les lourds bateaux dans les écluses; qu'elle roule dans le lit des fleuves et des rivières qui sont, suivant la belle définition de Pascal, « des chemins qui marchent; » elle obéit, en esclave docile, aux lois de la pesanteur ; c'est la gravité qui travaille. Et de même, quand emprisonnée dans une chaudière de fer, et soumise à l'action d'un feu intense, l'eau convertie en vapeur acquiert tout-à-coup cette énergie irrésistible, cette force de ressort qui pousse le piston dans le cylindre, et par de convenables mécanismes, attaque et surmonte tous les obstacles, toutes les résistances : c'est la chaleur qui est en jeu. C'est, non dans la vapeur même, mais dans le phénomène de la combustion, dans le développement de calorique qui en est la conséquence, qu'il nous faut chercher le secret de cette merveilleuse puissance.

On pourra, Messieurs, détrôner la vapeur. On pourra, à la rigueur, trouver entre le dégagement de la chaleur et le développement de la force, un meilleur, un plus sûr, un plus économique intermédiaire ; c'est possible. Vous entendrez parler de la machine Erickson, de la machine à air comprimé, à air dilaté, de la machine Lenoir. Eh ! mon dieu, en ce moment même il est beaucoup question de l'emploi de l'ammoniaque liquide ; c'est possible. Mais ce qu'on ne remplacera pas, ce qu'on ne pourra détrôner, c'est la cause même, le principe de la force, c'est la chaleur. L'électricité elle-même, Messieurs, ce merveilleux agent, que l'industrie mécanique cherche si activement, et dans les limites du possible, à faire entrer dans son domaine, et qui déjà dans la télégraphie électrique, nous présente la plus admirable application, dont tous les détails vous seront exposés ici même par une personne compétente. L'électricité, que fera-t-elle ? Elle donnera lieu aux phénomènes physiologiques les plus curieux et les plus inattendus ; elle fera briller à vos yeux cette lumière électrique dont l'éclat est comparable à celui du soleil ; elle pénétrera, plus subtilement encore que la chaleur, au cœur même des molécules pour y créer des affinités

puissantes, et par contre elle désagrégera les substances
en apparence les plus réfractaires à toute décomposition ;
elle nous donnera la précision, la simplicité, l'instanta-
néité dans les mouvements ; enfin et par-dessus tout elle
transmettra la parole et la pensée avec la rapidité de la
pensée elle-même. Voilà son rôle à l'électricité ; il est
fécond, il est magnifique. Mais quant à la production intense, économique, industrielle de la force, l'électricité,
à mon sens et de longtemps encore, ne remplacera pas la
chaleur.

Or, Messieurs, qu'est-ce que le charbon, sinon la source
même, la source féconde, providentielle du calorique, et
par conséquent la puissance, et par conséquent le travail.

Donc, et je le répète, le véritable promoteur de toutes
ces merveilles que l'industrie fait passer chaque jour sous
nos yeux, à part, bien entendu, les divines clartés de l'intelligence, c'est le charbon.

Il n'entre pas, Mesdames et Messieurs, dans le plan de
cet entretien d'une heure, d'aborder l'étude du grand
phénomène de la combustion, ni l'examen même super-
ficiel des rapports tout à fait intimes qui unissent la chaleur et la force. Après avoir, dans ce premier coup d'œil,
embrassé d'une manière générale le grand rôle du charbon dans notre civilisation actuelle, je me demanderai, si
vous le voulez bien, dans quelle proportion, dans quelle
mesure l'homme puise à cette mine féconde, à cette triple
source de force, de chaleur et de lumière et quelles en
sont, au point de vue industriel, les principales applications.

Et d'abord...... (Ici l'orateur s'interrompt par suite d'une
explosion de bruits résultant du grand nombre d'audi-
teurs qui affluent à la porte de la salle où ils ne peuvent

pénétrer.) Ah ! Messieurs, je vous en supplie, ayez pitié de moi. Si vous saviez comme de telles interruptions arrêtent la parole sur les lèvres et troublent la pensée. Suivez, pour un moment, je vous prie, le mécanisme de la parole : ma pensée se forme, elle prend un corps ; j'émets un son ; ce son tombe dans l'air comme la pierre au sein d'une eau tranquille, qui devient un centre d'ondulations s'étendant de proche en proche et s'en allant expirer au rivage. Ainsi le son frappe l'air, les vibrations se propagent jusqu'à l'oreille et font vibrer une membrane extrêmement délicate et subtile, le tympan, lequel à son tour impressionne un faisceau nerveux qui porte au cerveau, au siége de l'intelligence, la sensation de la parole. Mais pour que cette merveilleuse télégraphie s'accomplisse, une double condition est nécessaire : il faut que je parle, moi ; et vous, que vous ayez la bonté de m'accorder le silence.

Eh ! d'abord, Messieurs, que sont-ils, d'où viennent-ils, ces amas de combustible, ces riches dépôts que le mineur et le géologue rencontrent à toutes les profondeurs, à toutes les latitudes, depuis la région, là bas, des glaces éternelles, jusque sous l'équateur. Tantôt en une couche épaisse et isolée ; plus souvent par minces assises, stratifiées et alternant un grand nombre de fois avec des couches terreuses (1). Là régulières, unies, horizontales ; ici inclinées, tourmentées, interrompues et traversées par des matières et des filons étrangers ; portant dans leur sein, et comme la marque indélébile de leur première existence, des débris fossiles, des empreintes de feuilles, de fougères, de roseaux, et jusqu'à des arbres entiers, avec leurs troncs, avec leurs branches et avec leurs racines.

Ainsi, Messieurs, et à cet égard la science géologique

(1) Une carte indique une coupe dans des terrains houillers, et montre une fosse en exploitation.

ne peut nous laisser aucun doute, ce sont des végétations enfouies et éteintes; elles ont vécu à la surface, elles ont orné la terre de leurs verdures, et les forêts vivantes de nos jours ne leur peuvent être comparées ni pour la richesse ni pour la puissance.

A l'une de ces époques qui marquèrent les phases de la formation de notre globe, et que M. le docteur Salle évoquait dernièrement devant nous, dans l'un de ces grands jours de la Genèse, que la chronologie humaine doit traduire par des milliers et peut-être des millions de nos années, une végétation puissante a couvert la terre.

Elle se développait alors sous la double influence de la chaleur torride qui rayonnait à travers la mince croûte du globe, et d'une atmosphère chargée, saturée de vapeurs aqueuses et de vapeurs carboniques.

Il faut, pour en avoir une faible idée, se reporter par la pensée à cette végétation plantureuse des tropiques, produit d'une pluie diluvienne de trois mois, suivie et surchauffée par un soleil implacable durant le reste de l'année.

C'est là que croissent ces plantes au magnifique développement, ces fougères arborescentes, et ces énormes baobabs dont le tronc mesure jusqu'à vingt mètres de circonférence.

Plus au nord même, dans la Sierra-Nevada, de la Nouvelle-Californie, notre compatriote, M. Jules Remy, le savant botaniste, le voyageur intrépide, qui doit prêter à notre prochain entretien le charme de sa parole et l'intérêt de ses récits, M. Jules Remy a vu des arbres en bon nombre, des sapins dont le tronc atteint 70, 80 et jusqu'à 100 mètres d'élévation, et dont la circonférence présente le développement incroyable de 20, 25, 30 mètres et plus;

c'est-à-dire quelque chose de comparable aux dimensions de cette salle dans laquelle vous me faites l'honneur de m'écouter.

J'ai vu moi-même, dans le palais de cristal, à Sydenham, près de Londres, et nombre de Châlonnais l'ont pu voir comme moi, un de ces vénérables colosses, contemporain sans doute d'Abraham ou d'Homère, reconstruit au moyen de son écorce sur ce que j'appellerai la faible hauteur de 30 mètres, et dont le vide intérieur présente un diamètre de 8 mètres. Plus récemment encore, en 1860, dans cette même Californie, on a découvert un arbre fossile dont le tronc mesure 245 mètres, c'est-à-dire 4 fois la hauteur où perchent les coqs de l'église Notre-Dame.

Pendant la période houillère, les puissances de la végétation se portaient sur ces végétaux d'un ordre inférieur, les fougères arborescentes, les roseaux, les plantes marécageuses dont le port atteignait celui des plus grands arbres de nos forêts. Elles croissaient, périssaient et se développaient sans cesse, formant à la longue des couches épaisses et profondes analogues à nos tourbes actuelles qui sont de véritables houilles contemporaines. Envahies ensuite par les eaux, recouvertes par les formations successives, soumises d'une part aux énormes pressions de l'extérieur, et à l'ardente température du noyau incandescent, elles ont subi cette lente décomposition, elles se sont imprégnées à la longue de ces matières grasses et bitumineuses qui donnent à la houille son caractère particulier. Ce sont des décompositions de la même nature, bien que variées dans leurs résultats, qui donnèrent naissance aux divers combustibles fossiles, les anthracites, les lignites, les bitumes, et ces huiles minérales qui, sous le nom de naphte et de pétrole, sont aujourd'hui si généralement employées.

Ainsi, Messieurs, se formaient, s'entassaient et s'éla-
boraient lentement et mystérieusement ces amas de
combustible qui devaient servir dans la suite des siècles
à ce roi de la terre dont la naissance serait le dernier terme et comme le couronnement du grand édi-
fice de la Création. Et à cet égard je ne puis résister
au désir de vous lire quelques lignes d'un ouvrage fort
remarquable, aujourd'hui dans toutes les mains; voici
comment s'exprime M. Louis Figuier, l'auteur de ce livre
intitulé : *La Terre avant le Déluge.* « Nous ne dirons pas
» avec quelques personnes qui croient que tout, dans la
» nature, a été fait à l'intention de l'homme, et qui se
» font ainsi une idée bien incomplète du vaste ensemble
» de la création; nous ne dirons pas que les végétaux de
» l'ancien monde n'ont vécu et ne se sont multipliés que
» pour préparer à l'homme ses agents de production éco-
» nomique et industrielle. Il faudrait, en effet, regretter
» que ce précieux héritage de la vie du monde ancien
» ne se rencontrât qu'à des profondeurs le plus souvent
» inaccessibles à nos atteintes. »

Ainsi, Messieurs, voilà l'objection. Si la houille a été
créée pour l'homme, pourquoi se trouve-t-elle dans les
profondeurs, et non près de la surface. Objection singu-
lière de la part d'un penseur et d'un savant. Or, moi, qui
ne suis pas un savant, bien s'en faut, j'ose pourtant présenter une réponse, et je dis : l'enfouissement de la houille
était la condition même, la condition *sine quâ non* de sa
formation et de sa conservation. Demeurées à la surface de la terre, ces masses végétales, desséchées à la
longue, se seraient dissipées en de vastes embrasements,
ou bien tombées en pourriture et en poussière, elles seraient dispersées aujourd'hui à tous les vents. Et à un
point de vue plus élevé, Messieurs, est-ce que l'homme,
en même temps qu'il a été créé roi de la terre, n'a pas été

soumis à la loi sainte et salutaire du travail? Est-il en possession d'une vérité, d'une seule, depuis l'axiome jusqu'aux grandes lois de Kæpler, et d'une seule découverte, qui n'ait été creusée, elle aussi, et fouillée dans les profondeurs de l'étude et de la science? Pourquoi donc ne flottent-elles pas à la surface? Et ces moissons que juillet jaunira dans nos plaines, pourquoi donc le laboureur a-t-il eu à y enfoncer le soc, et à creuser la roie à la sueur de son front? Ah! si la houille est un produit du hasard; si, pour me servir d'une expression de mon métier, elle est un accident de fabrication, inclinons-nous devant le hasard, bénissons-le comme une providence; car, vous l'allez voir, Messieurs, c'est largement, c'est à pleines mains que nous y puisons.

II.

La masse de houille extraite annuellement des entrailles de la terre s'élève actuellement à 120 millions de tonnes de 1,000 kilogrammes, c'est-à-dire à 120 milliards de kilogrammes. Ces nombres sont tellement considérables, ils laissent un tel vague dans l'esprit, que je vous demande la permission de vous les présenter sous une autre forme d'évaluation. Si cette masse de combustible était entassée sur notre place de l'Hôtel-de-Ville, elle s'élèverait verticalement à la hauteur de *onze lieues !* Notre ville de Châlons, depuis le pont de Marne jusqu'à la Glacière, depuis les Mariniers jusqu'aux allées Sainte-Croix, y serait ensevelie sous une épaisseur de 150 mètres! Au prix moyen de 20 francs la tonne, nous obtenons 2 milliards 200 millions, chiffre supérieur au budget total d'un grand et riche pays comme la France. Quelle fortune, Messieurs, et quel bienheureux hasard !

Sur ce chiffre de 120 millions de tonnes, l'Angleterre, la terre classique du charbon, fournit seule 80 millions, c'est-à-dire les deux tiers de la totalité, et l'on 'assure que ses houillères pourraient suffire à la consommation générale, sans qu'on puisse prévoir l'époque probable de leur épuisement. La France, beaucoup bien moins dotée sous ce rapport, car au lieu de 1,000 lieues carrées de terrain houiller que possède sa voisine, elle n'en a que 300, extrait en ce moment de 7 à 8 millions de tonnes. La Belgique, cette France en miniature, en donne de 5 à 6 millions. L'Allemagne entière, 12 millions. Les États-Unis, 12 millions également ; mais la production tend à y augmenter sans cesse, surtout depuis la découverte de riches houillères dans la Californie.

Il y a quelques instants à peine, M. Jules Remy m'apprenait qu'on vient de trouver dans la Nouvelle-Zélande un riche dépôt situé à une lieue et demie d'un port de mer.

Examinons actuellement quelle somme de travail peuvent développer ces masses de combustible. Nous choisirons, si vous le voulez bien, un exemple particulier, celui de la Compagnie des chemins de fer de l'Est. Il y a là, à mon sens, un avantage manifeste : de nous occuper d'une Compagnie dont les intérêts, qui sont les nôtres, nous enveloppent de toutes parts, et de nous appuyer sur des chiffres absolument certains et officiels ; car ils m'ont été fournis ou confirmés avec une extrême obligeance par M. Vuillemin, ingénieur en chef du matériel et de la traction.

La Compagnie de l'Est a consommé en 1864, pour le service de ses machines, 200,000 tonnes de houille ou 200 millions de kilogrammes, c'est-à-dire la 600e partie de la consommation totale, et la 40e partie environ de la production en France. Pour employer le mode de comparaison que nous avons tout-à-l'heure adopté, nous dirons qu'entassée sur la place de l'Hôtel-de-Ville, cette masse s'élèverait à 65 mètres de hauteur. A 16 fr. 40 cent. la tonne, prix moyen pour la Compagnie qui ne se fait pas payer ses transports, on a la dépense de 3,300,000 francs. Quels sont actuellement les moyens d'action de la Compagnie ?

La Compagnie de l'Est possède en ce moment pour tout le service de son réseau 741 locomotives, dont la puissance nominale moyenne, pour chacune, est de 300 chevaux-vapeur. Le cheval-vapeur, pour le dire en passant, représente la force d'un bon cheval ordinaire, tirant à plein collier, avec cette différence que le cheval ordinaire, dans de telles conditions, ne peut agir que pendant une attelée de quelques heures seulement; tandis que le cheval vapeur, le cheval à nous autres mécaniciens, est un animal infatigable, travaillant 24 heures par jour et 365 jours pendant l'année.

Donc les 741 locomotives du chemin de fer de l'Est, si elles tiraient ensemble, avec toute la force dont elles sont capables, représenteraient la puissance de 225,000 chevaux-vapeur. Voyons ce qu'on peut faire avec toute cette cavalerie.

Le nombre des voyageurs transportés sur le réseau de l'Est en 1863 (les tableaux pour 1864 ne sont pas encore terminés), s'est élevé à 8,000,000 ; la distance moyenne était de 41 kilomètres. Les sommes versées par ces voyageurs ont été de 24 millions de francs.

Voilà pour les voyageurs ; voyons le mouvement des marchandises. La Compagnie a transporté, en 1863, 3,650,000 tonnes, à la distance moyenne de 146 kilomètres, soit 36 lieues et demie, et pour la somme totale de 37 millions.

D'autre part le chemin parcouru par le total des trains sur l'ensemble du réseau s'est élevé en 1863 à 18 *millions de kilomètres*, près de 500 fois la circonférence de la terre ; de telle sorte que le développement quotidien du chemin décrit par l'ensemble des trains dépasse d'un tiers la circonférence de la Terre, laquelle est de 9,900 lieues.

Or, Messieurs, je parle en effet d'une riche et puissante et vaillante Compagnie dans un grand et riche pays comme la France. Mais cependant quelle quantité de houille consomme-t-elle ? nous l'avons dit : la 600ᵉ partie de la consommation générale ; *la 600ᵉ partie !* Cela étant, que notre imagination évoque, s'il est possible, le mouvement inouï qui s'opère sur l'immense réseau de voies ferrées qui sillonnent de toutes parts le monde civilisé, et dont le développement est la marque certaine et comme le thermomètre de la richesse, de la puissance et de la vie des nations. Représentons-nous ces milliers de vaisseaux qui labourent en tous sens la surface des océans. Imaginons encore ces machines innombrables qui élaborent le travail de tous côtés et sous toutes les formes ; ici avec ces organes robustes qui écrasent la matière sous le poids de marteaux de 50,000 kilogrammes ; là, avec ces organismes et ces mouvements ingénieux, par lesquels la matière rendue en quelque sorte intelligente, prépare ces produits variés et merveilleux dont la délicatesse et le fini défieraient la main des fées, défieraient les doigts les plus agiles et les mieux exercés. Enfin, et pour tout dire, représentons-nous 3 ou 4 millions de chevaux-vapeur, de ces chevaux infatigables, attelés et tirant ensemble, à plein collier, constamment, nuit et jour, sur ce vaste chantier de l'univers. Voilà la houille, Messieurs, voilà le charbon.

III.

Nous l'avons dit, Mesdames et Messieurs, le charbon est
tout à la fois, force, chaleur, lumière. Nous avons maintenant à l'envisager sous son deuxième aspect.

Et d'abord remarquez qu'il ne doit être nullement question ici de ses nombreux usages domestiques. Je ne vous
dirai pas que c'est lui qui nous crée dans nos apparte-
ments comme dans cette salle un printemps artificiel, en
ce moment où le soleil, avare pour nous de ses rayons,
va briller de tout son éclat sur des régions mieux favori-
sées. Je n'ai pas non plus à vous le montrer dans ses
rapports avec l'économie du pot-au-feu. Et pourtant, Messieurs, cette question du pot-au-feu a son importance
sociale : on dîne ; et pour certains même, dit-on, c'est là
la grande affaire, la préoccupation principale. Quoi qu'il
en soit, je ne l'examinerai, moi, que dans ses relations
avec nos industries diverses ; et à cet égard, je n'en
sache pas une seule, grande ou petite, qui de près ou de
loin ne soit sa tributaire. Le modeste foyer du forgeron,
le creuset du chimiste, l'alambic du distillateur, le four
du verrier, et cent autres lui empruntent son secours ou
vivent de sa puissance. Je ne veux donc vous en présenter
qu'une seule, car celle-là, à mon sens, les comprend et
les résume toutes : c'est la fabrication du fer. Pourquoi
le fer ? Ah ! c'est que, au point de vue matériel, le fer et
le charbon, voilà les deux grands pôles de toute civilisation. Le fer ! Mais si le feu et le mouvement sont l'âme
et la vie des machines, le fer en est la vigoureuse char-
pente. Le fer ! Il est le rail comme il est la locomotive ; il
est le fil aérien qui fait voler la pensée à travers les
espaces ; il est partout ; il nous enveloppe de toutes parts,

et si bien que l'un des plus illustres chimistes de nos jours a pu dire : Apprenez-moi ce qu'une nation consomme de fer, je vous dirai, moi, sa civilisation, sa richesse, sa puissance. Or, Messieurs, admirez le rapprochement : sans le charbon pas de fer ; car qu'est-ce que le fer dans le sein de la terre ? qu'est-il au sortir de sa mine ? Le fer, le voilà ! c'est une pierre, c'est une terre, c'est une poussière, c'est une rouille ; c'est tout ce que voudrez, excepté du fer. Et ici encore, Messieurs, voilà qu'il faut se heurter à cette grande objection que nous soulevions tout à l'heure avec M. Louis Figuier ! Ce fer si nécessaire, que dis-je, si indispensable à tous nos besoins sociaux, reprocherons-nous à Dieu de nous l'avoir donné enveloppé et comme enseveli dans cette gangue et dans cette rouille. Mais ce serait un blasphème ! car à côté de la rouille Dieu a mis le charbon, et, en même temps, il a imprimé au front de l'homme un rayon de sa divine intelligence : et par là nous sommes à son image ; nous participons à sa puissance ; nous créons une seconde fois !

Oui, Messieurs, nous créons ; et le métallurgiste qui brasse cette matière, qui pétrit cette argile, il peut se demander comme le statuaire de La Fontaine : *Sera-t-il dieu, table ou cuvette ;* et comme lui se répondre : *Il sera dieu ; même je veux qu'il ait en sa main un tonnerre.*

Et pour cela que fera-t-il le métallurgiste ? Il stratifiera couche à couche, dans ce vaste creuset qu'on appelle un haut-fourneau, le charbon, le minerai, et encore le charbon, et encore le minerai, et ainsi de suite ; il élèvera la température à son expression la plus haute, et alors le charbon, subtilisé en quelque sorte, pénétrera jusqu'au cœur de la molécule, il la débarrassera de sa gangue, il la dépouillera de cette rouille profonde qui datait de l'origine des siècles, et le fer prendra naissance.

Il sera d'abord saturé de cette substance à laquelle il doit la vie, et ce sera la fonte, le fer fusible qui coulera dans les moules, en épousera toutes les formes et donnera tantôt les modestes ustensiles de nos ménages, tantôt les pièces les plus délicates comme les plus robustes de nos machines, et enfin ces admirables objets d'ornement, véritables œuvres d'art, qui, préparées et envoyées par nos vaillantes usines de la Haute-Marne, furent l'honneur de notre modeste exhibition châlonnaise, avant d'aller remporter les premières palmes à la grande exposition de Londres, en 1861.

La fonte ensuite, décarburée par l'action de la chaleur, qui la suivra désormais dans ses transformations diverses, produira le fer avec ce nerf, cette résistance, cette vigueur et cette souplesse qui nous donnent le secret de ses innombrables applications. Le fer, enfin, uni plus intimement encore avec le charbon, deviendra l'acier si remarquable par la dureté que lui donne la trempe, par son élasticité merveilleuse, par son admirable poli; l'acier c'est l'humble aiguille de l'ouvrière, l'outil du travailleur, l'épée du soldat, le soc de la charrue; c'est la plume du penseur, la boussole du marin; que sais-je encore, et par exemple ces souples ressorts qui donnent à la montre le mouvement et la vie; et, pourquoi ne pas le dire? ces autres ressorts encore, aujourd'hui fabriqués en si grande abondance, pour la confection de ces objets de toilette... (explosion de rires dans toute la salle). Ah! Messieurs, je n'ai pas prononcé le nom; mais si ce nom évoqué a le privilège d'appeler le sourire et quelquefois même l'ironie sur nos lèvres, ils n'en ont pas moins leur raison

d'être et de vivre, puisqu'ils ajoutent encore à la grâce
naturelle de la femme.

Ici, j'aurais à faire passer sous vos yeux ces chiffres
immenses, ces additions formidables qui nous diraient
l'énorme production de fer dans les grandes usines de
l'Angleterre, de la France, de l'Allemagne et cent autres.
Rassurez-vous, Mesdames, je ne vous exposerai pas à ce
nouveau débordement d'arithmétique. Risquer d'appeler
l'ennui sur vos fronts, vous qui daignez venir vous asseoir
ici sur la foi des traités, vous, le charme de ces réunions,
ce serait plus qu'un crime, ce serait une faute ; je ne m'y
exposerai pas de gaîté de cœur. Je n'énoncerai qu'un seul
chiffre, et c'est pour ces Messieurs que je le dirai : lais-
sez-le passer au-dessus de vos têtes.

La compagnie de l'Est, seule, en 1863, a transporté 455
millions de kilogrammes de fer et de fonte. Centuplez,
Messieurs, centuplez hardiment si vous voulez avoir une
idée de la production et de la consommation annuelle du
fer à la surface du globe, et permettez-moi de répéter :
voilà la houille, voilà le charbon.

IV.

Le charbon, Mesdames et Messieurs, est source de lumière. Comme si la nature s'était proposé le problème
d'accumuler et de condenser les rayons du soleil, et ainsi
de donner un corps à la plus subtile, à la plus fugitive, à
la plus insaisissable des substances.

J'aurais donc à vous montrer la présence et l'action du
charbon dans ces mille petits soleils qui nous consolent
ici de l'absence du jour. J'aurais à le montrer circulant
à l'état de gaz dans nos rues, inondant de ses clar-

tés les riches magasins de nos capitales, donnant naissance à des industries puissantes dont les résidus mêmes conduisent aux plus utiles comme aux plus curieuses applications. C'est ainsi que de cette impure et abjecte matière qui s'appelle le goudron de gaz, sortent par un miracle de manipulations chimiques, ces couleurs admirables qui ont enrichi la palette du peintre, et créé pour vos tissus, Mesdames, ces tons harmonieux et veloutés que vous connaissez sous les noms de bleu de Parme, d'Azéaline, de Magenta et de Solferino.

J'eusse voulu encore vous montrer, dans le plus étonnant des contrastes, la proche parenté qui existe entre cette matière terne et misérable qu'on nomme charbon de terre, et cette autre substance éclatante, cent fois plus précieuse que l'or, le *diamant*, qui brille au front des reines, et embellit même la beauté. Mais le temps me manque pour vous présenter avec les développements convenables ce qu'on pourrait appeler le côté brillant de mon sujet. Aussi bien, entraîné par ce sujet même, soutenu à vrai dire par cette attention si bienveillante qui a fait flotter en cette salle comme une atmosphère de sympathie, j'ai laissé peut-être dépasser la limite que je voulais imposer à votre patience. Je poserais ici comme une pierre d'attente pour un deuxième entretien si j'avais le bonheur que celui-ci vous eût intéressés. Et je m'arrête, vous demandant la permission seulement de présenter une réflexion dernière.

En présence du rôle immense que remplit le charbon dans nos civilisations modernes, je me demande ce qu'il adviendrait et de ces civilisations et de la société si, demain, nos forêts, ces mines vivantes de charbon, disparaissaient de la surface de la terre, et si le mineur intrépide qui s'enfonce dans les entrailles du sol cessait tout-

à-coup de rencontrer sous sa pioche la précieuse substance.

On raconte que l'illustre Bernard Palissy tentait, dans
une dernière et suprême expérience, la recomposition de
l'émail de la faïence dont le secret s'était perdu, dit-on,
depuis les grands artistes italiens du moyen-âge. Le feu
était allumé, l'argile incandescente. Quelques minutes
encore de cette ardente température, et le secret cher-
ché sera découvert. Mais hélas ! les dernières ressources
du pauvre artisan se sont évanouies, le four avide a tout
dévoré. Que va-t-il faire ? Emporté par cette fièvre du
génie qui voit le but et se sent près de l'atteindre, il
brise ses meubles et les lance dans le foyer. Il y jette tour-
à-tour, sa table, ses chaises, son armoire, sa couche.....
et jusqu'au berceau de son enfant !

Ainsi ferait la société. Nous la verrions, sous le coup
d'une nécessité implacable, jeter un à un dans le foyer
dévorant les derniers arbres de ses bois et de ses champs,
les arbres même de ses jardins. Elle y jetterait la char-
pente de ses maisons, ses meubles, et comme Bernard
Palissy, jusqu'aux berceaux de ses fils.... Et, cette fois,
ce serait en vain ! La fournaise avide engloutirait tout et
ne donnerait rien ! Le feu, privé d'aliments, ne tarderait
pas à s'éteindre. Le travail, cette vie des nations, s'ar-
rêterait de toutes parts : une profonde nuit se ferait sur
le monde. Qu'est-ce, auprès de ce vide immense, que la
pénurie de coton dont souffrent nos pauvres travailleurs,
de par la sauvage et interminable guerre d'Amérique ?
Une misère sans nom envahirait des millions d'hommes.
Les civilisations, qui font notre orgueil, s'écrouleraient
comme des édifices vermoulus, et ce qui surnagerait des
sociétés retournerait à l'état barbare. Est-ce là ce qu'il
faut craindre, Messieurs. Non ! Le Maître des choses y a

pourvu. Quand nos arrière-neveux auront épuisé ces houillères qui, après tout, ne sont pas inépuisables, l'on aura vu surgir quelqu'un de ces secrets féconds qui semblaient cachés dans le hasard, mais qui sont les jalons et comme les relais établis par Dieu même sur la grande route de l'humanité ! Et nous voyons celle-ci s'avancer hardiment dans ses destinées ; elle y marche avec confiance, avec ardeur, avec courage : elle se sent dans les mains de la Providence.

DEUXIÈME CONFÉRENCE

17 février 1865.

I.

MESDAMES, MESSIEURS,

Dans un premier entretien que vous avez accueilli et jugé avec tant de bienveillance, nous nous sommes attaché à apprécier le rôle considérable du charbon, et en particulier de la houille, dans notre civilisation moderne, où le travail, cette grande et sainte loi de l'humanité, occupe une si large, une si juste place. Après nous être demandé d'où provient cette manne bienfaisante, lentement accumulée par l'action des âges disparus, nous l'avons tour-à-tour étudiée sous le double rapport de la puissance et de la chaleur. Nous avons à l'examiner aujourd'hui sous un troisième aspect, moins fécond, sans doute, mais peut-être plus profond.

Nous considérerons le charbon comme source de lumière.

Qu'est-ce que la Lumière ? Comment la définir, cette fille du ciel qui, par le secours de la parole et de la pensée, établit entre nous, ici même, une communication si intime et si complète, qu'il semble, en cette vaste salle, qu'il n'y ait qu'une seule voix et qu'un seul regard ; cette mystérieuse puissance, qui trace sur la plaque sensible son admirable empreinte, et qui, victorieuse de la mort, si la mort pouvait être vaincue, nous laisse une vivante image et comme une émanation même des êtres bien-aimés que nous avons perdus.

Pour essayer de la comprendre, la lumière, il nous faut remonter à ces paroles si simples en apparence, mais dont la poésie sublime n'a jamais été surpassée : *Or, Dieu dit : Que la lumière soit, et la lumière fut faite. Et Dieu trouva que cela était bon. Et du soir et du matin se fit le premier jour.*

Et depuis lors, Messieurs, depuis des milliers de siècles, l'astre bienfaisant qui nous éclaire, et les étoiles, cette poussière de soleils, continuent de resplendir et de rayonner dans les firmaments.

Firmament, Messieurs, c'est là sans doute une de ces expressions vieillies et surannées dont on m'a donné le charitable conseil de me débarrasser pour cette deuxième conférence. Mais, à mon âge, hélas ! on est incorrigible ; pardonnez-moi ce firmament (1).

(1) La vérité nous oblige à déclarer que cette phrase a été couverte par les rires et les applaudissements de la salle entière. Pour l'intelligence du lecteur, nous demandons la permission de reproduire ici deux critiques contenues dans une appréciation fort élogieuse d'ailleurs, trop élogieuse même du rédacteur du *Journal de la Marne*, qui s'était chargé des comptes-rendus des séances littéraires et scientifiques :

1° « Nous voudrions pouvoir louer le geste de l'orateur, mais un vase de » fleurs, qu'en toute autre occasion nous eussions admiré, dérobait le spi-» rituel professeur à nos regards : *aussi était-ce la première fois que* » *nous voyions une chaire servir à une exhibition de bronzes d'art.* »

(Notons en passant qu'il n'y avait pas un atome de bronze sur la chaire, et que tous les objets entraient directement dans le sujet embrassé.)

« *Chaque chose en son lieu. Il ne faudrait pas oublier..... etc.....* » *Mais laissons là cette petite critique de détail.* »

2° « Quelquefois il semble se lancer à *corps perdu* dans une métaphore, » *on tremble pour lui* ; mais sans hésiter, sans trébucher, il poursuit sa » phrase, *qui se termine correctement.* En un mot, à part *une ou deux* » *expressions un peu vieillies,* et que M. Guy *saura éviter* à la pre-» mière conférence, c'est un discours achevé de tout point.... etc. »

C'est cette dernière critique et cette petite leçon d'un goût douteux que

A côté de la splendeur de la lumière, il est une autre de ses qualités devant laquelle l'imagination la plus intrépide demeure confondue : c'est la rapidité de sa propagation. La lumière, en effet, parcourt 75,000 lieues dans une seconde. Ici, Messieurs, votre esprit a le droit de s'étonner ; mais, permettez-moi de le dire, vous avez le devoir de croire. Il y a chez celui qui vous parle un tel respect de cette chaire et de la vérité, un tel respect de lui-même et de vous tous qui me faites l'honneur de m'écouter, qu'il ne tombera de mes lèvres, je l'espère, et à moins d'une involontaire erreur de la mémoire, ni un chiffre, ni une indication qui n'ait été puisée autant que possible aux sources les plus sûres et les plus authentiques. Je me répète donc, et je dis : la lumière se meut avec une vitesse de 75,000 lieues en une seconde (1). Ainsi, dans une seconde le rayon lumineux ferait sept fois et demie le tour de la Terre. Essayons, si vous le voulez bien, d'une comparaison. Si ma voix, dont l'émission ici vous semble instantanée, si ma faible voix pouvait être entendue du soleil, elle mettrait quatorze ans et trois mois pour faire le voyage. Je risquerais fort, vous le voyez, de ne pas recevoir la réponse, fût-elle expédiée par retour du courrier. Un train express de chemin de fer, partant pour les mêmes destinations, avec sa vitesse ordinaire de 15 lieues dans une heure, arriverait en gare en l'an de grâce 2165, dans *trois cents ans*.

La lumière, au contraire, cette messagère céleste, fran-

nous nous sommes permis de relever sans malice aucune dans la phrase ci-dessus. Ah ! il en coûte cher, et je *n'y ferai plus*, de chatouiller même légèrement l'épiderme extra-sensible de M. Eugène Martin. Nous reproduisons *in extenso*, à la suite de cette deuxième conférence, le compte-rendu loyal, complet et spirituel dont il m'a accablé dans son propre journal.

(1) Dernières expériences de M. Faye (Compte-rendu de l'Académie des sciences.)

chit l'énorme distance de 38 millions de lieues qui nous sépare du soleil en *huit minutes et demie.*

Or, il est quelque chose de plus incompréhensible encore que cette incompréhensible vitesse, c'est la distance sans mesure qui nous sépare des étoiles de tout éclat et de toute grandeur, et que notre regard peut aller chercher au fond des cieux. La lumière de ces étoiles a mis pour atteindre la Terre : trois ans, vingt ans, cinquante ans.... mille ans ! De telle sorte que nous assistons d'ici bas à des spectacles sur lesquels la toile est tombée là haut depuis des siècles ; et depuis des siècles, ces astres, pour nous étincelants, sont replongés *peut-être* dans les ténèbres du chaos !

Que sont auprès de tels mirages les mirages de nos déserts? Quels insondables mystères! quels abîmes pour la raison et pour la pensée !

Mais aussi, me direz-vous, pourquoi nous parler des étoiles? Est-ce là le sujet que tu dois embrasser? Descends de ces hauteurs qui ne sont pas faites pour ton vol impuissant; quitte ces soleils que l'œil de l'aigle seul peut regarder en face. Allons, charbonnier, parle-nous de charbon.

Et nous allons parler de charbon ; car le charbon aussi est source de lumière ; comme si la nature s'était imposé le problème, et elle l'a résolu, de condenser ici les rayons du soleil et de donner un corps à la plus subtile, à la plus fugitive, à la plus insaisissable des substances.

Nous avons donc à démontrer la présence et l'action du charbon dans cette multitude de petits soleils que nous allumons nous-mêmes. Ici, Messieurs, j'éprouverais un réel embarras si mon excellent ami, M. Faure, n'avait brillamment éclairé devant nous les horizons de la route. Nous savons, après lui, qu'il suffit à la nature, pour pro-

duire à nos yeux les merveilles si variées de la végétation et de la vie des êtres, de quelques rares substances ;
en particulier et en première ligne l'*hydrogène* et l'*oxygène*, qui sont les corps constituants de l'eau ; l'*azote*, qui
forme avec ce même oxygène l'air que nous respirons ; et
enfin le charbon, que les chimistes appellent *carbone*
quand il est parfaitement pur. Ainsi, Messieurs, le charbon n'est pas seulement la partie principale des plantes,
des bois et de ces masses houillères qui sont le pain quotidien de l'industrie ; il est abondamment contenu dans
toutes les matières animales et végétales ; il est dans le
parfum de la fleur et dans la saveur du fruit ; il est dans
le pain, dans le vin, dans les matières grasses, dans la
chair musculaire, dans le sucre et cent autres. Et voyez !
le boulanger et la ménagère, ces deux grands chimistes
qui s'ignorent, et qui font de la chimie comme M. Jourdain
faisait de la prose, sans le savoir, ils ne s'y trompent pas ;
ils veillent amoureusement sur leurs fourneaux ; sinon,
au lieu de ces mets appétissants et dorés qu'ils nous ser-
vent, ils recueilleraient, quoi ? des masses de charbon.

Cela étant, et comme unique exemple, examinons ensemble ce qui se passe là dans ce petit laboratoire (1).

La matière, saisie par la chaleur, entre en fusion ; elle
monte et se divise dans la mèche ; elle distille ; ses éléments subtils et combustibles, en contact avec l'air qui
de toutes parts les environne, s'enflamment à leur tour et
deviennent lumineux. En contact avec l'air, Messieurs, car
c'est grâce à l'air, ou plutôt grâce à l'oxygène de l'air que
s'accomplit le phénomène. Contrariez l'accès de l'air, la
flamme souffrira ; interceptez-le, vous la verrez s'éteindre.

Ainsi, la combustion, c'est une combinaison ; l'hydrogène
brûle, c'est-à-dire qu'il s'unit à l'oxygène, et produit de

(1) Une bougie allumée.

l'eau. Le charbon brûle, c'est-à-dire qu'il se combine à l'oxygène pour former l'acide carbonique, cet acide qui fait mousser la bière et pétiller le champagne, et que nous retrouverons plus loin.

Donc, les matières qui brûlent ne se détruisent pas, comme on pourrait le croire; elles tournent dans un cercle admirable de compositions et de décompositions chimiques, provoquées par l'action incessante des forces naturelles, la chaleur, la lumière, l'électricité, toujours vivantes et toujours en jeu.

Ainsi, Messieurs, le charbon n'est pas la source unique de lumière non plus qu'il n'était la source unique pour la chaleur et pour la force; si je le disais, cette simple allumette me donnerait un démenti. Nous avons tous vu brûler le phosphore et le soufre, qui sont des substances simples ne contenant pas de charbon. L'eau elle-même, vous l'avez vu dans la belle expérience de M. Faure, que nous reproduisons, l'eau produit la chaleur et la lumière. L'eau, générateur du feu! qui l'eût pu croire? Dites-moi, mes braves pompiers, supposons-nous, vous et moi, quand nous faisions jouer nos pompes, que nous lancions un pareil feu sur le brasier. Ah! élément perfide! étonnons-nous à présent de la sainte aversion qu'elle inspire à tant de braves gens. Et moi-même qui lui ai voué une tendresse profonde, et en cela j'obéis tout à la fois aux sentiments de mon cœur et aux lois de l'hydraulique, c'est en tremblant désormais que je la porte à mes lèvres. Si je prends feu, pompiers, ne m'abandonnez pas : il y a dans cette salle tant d'éléments de combustion !

Vous avez ri, Messieurs, et l'on me reprochera peut-être d'avoir un moment méconnu la gravité de cette chaire. Et pourtant, le sourire aux lèvres de la femme, c'est la rosée sur une fleur. Il y a tant d'heures dans le jour pour la mélancolie et pour la souffrance. Cette minute de sourire, vous me la pardonnerez.

Les métaux eux-mêmes peuvent se combiner avec l'oxygène et produire la lumière. Voici par exemple un métal appelé *magnésium*, parce qu'on l'extrait de la magnésie, que tout le monde connaît, et qui brûle à l'air libre avec une clarté tellement vive et brillante, tellement semblable à la lumière solaire, qu'on peut avec elle obtenir des épreuves photographiques. Nous allons l'enflammer tout à l'heure. Le fer brûle de même avec une flamme intense quand il est fortement chauffé dans nos foyers. Nous allons le voir briller avec une vive clarté par sa combustion spontanée dans un flacon rempli d'oxygène. Enfin, et en dehors des combinaisons chimiques, nous avons une source puissante de lumière dans l'électricité, ce merveilleux agent dont je ne désespère pas encore de. voir une personne habile et compétente nous raconter ici les merveilles.

(Ici ont eu lieu une série d'expériences sur la combustion du magnésium à l'air libre, sur celle du fer dans l'oxygène, sur la production de la lumière électrique dans les tubes de Geissler, la formation de l'étincelle, au moyen de deux couples de Bunsen et de la bobine de Ruhmkorf; la combustion du charbon traversé par le courant, et enfin l'inflammation à distance, par l'étincelle d'induction, d'un mélange explosif renfermé dans un flacon de verre, recouvert par une enveloppe de toile métallique. Ces expériences, accompagnées de quelques explications techniques, excitent dans la salle un grand intérêt.)

II.

Maintenant, Messieurs, je me propose d'examiner le charbon au point de vue de l'éclairage par le gaz, cette invention toute française, due à un Champenois, Philippe Lebon, né dans un village de l'arrondissement de Vassy, département de la Haute-Marne. L'invention de Lebon ne date que du commencement de ce siècle; Londres connut l'éclairage au gaz en 1810; ce ne fut qu'en 1820 qu'il conquit à Paris son droit de cité.

Quels progrès accccomplis à cet égard en cinquante ans! Aujourd'hui, et comme le rappelait récemment le savant professeur, M. Payen, dans une conférence à la Sorbonne, la fabrication du gaz occupe le cinquième rang parmi nos grandes industries. Les six usines qui alimentent Paris ont un capital social de 100 millions. Les compagnies de Londres, 150. En 1864, Paris a consommé 84 millions de mètres cubes de gaz; cette consommation a doublé en dix ans. Elle représente le pouvoir éclairant de 500,000 lampes Carcel brûlant pendant cinq heures chaque jour, ou près de 4,000,000 bougies. Le gaz circule dans une longueur de conduites de 800 kilomètres, 200 lieues.

A Châlons, notre bonne ville, franchement amie des lumières, car elle avait tout récemment encore deux compagnies au lieu d'une, le gaz circule dans une longueur de tuyaux de 21 kilomètres. Le nombre total des becs est en ce moment de 2,100. L'administration municipale possède 347 lanternes; l'école impériale d'arts et métiers, dont je voudrais dire tout le bien que j'en pense, a 355 becs, dépensant, bon an mal an, de 16 à 20,000 mètres cubes, ce qui, au prix de cinquante centimes le mètre, représentait une dépense annuelle de 8 à 10,000 fr.

Vous voyez, Messieurs, que si nous sommes bien éclairés, cela nous coûtait cher.

La création de la nouvelle usine a été pour Châlons un progrès considérable. Au lieu de 60 centimes le mètre cube, vous ne payez le gaz que 40, c'est-à-dire à raison de 4 centimes les 100 litres. Or, 100 litres forment la consommation pour une heure d'un bec ordinaire produisant le pouvoir éclairant d'une lampe Carcel, laquelle brûle 42 grammes d'huile de colza épurée, ce qui, à raison du prix minimum de 1 fr. 30 c. le kilogramme, représente une dépense de cinq centimes et demi. L'avantage est manifeste en faveur du gaz. D'autre part, la nouvelle usine est jeune, intelligente et de bonne volonté; son éclairage est satisfaisant. Quand elle aura achevé de surmonter les hésitations et les difficultés d'une première installation, se superposant à une usine ancienne, les choses iront au mieux. D'ailleurs, le traité intervenu entre l'administration municipale et l'usine a tout prévu : bonne fabrication, épuration complète, constatation du pouvoir éclairant. Or, ce progrès, Messieurs, nous le devons aux soins, à l'activité, à l'intelligence du conseil municipal; nous le devons à l'administrateur dévoué et populaire (applaudissements) qui cache sous ces formes courtoises, sous cette urbanité exquise, un peu rares à notre époque, la trempe de caractère et la fermeté du vieux soldat. Eh, Messieurs, nous qu'on accuse, Français en général et Châlonnais en particulier, de dénigrer à tort et à travers, et l'on a bien un peu raison, ayons une bonne fois, là, en face les uns des autres, le courage de la louange (nouveaux applaudissements.)

Il m'a semblé, Messieurs, que vous verriez avec intérêt représentée sous vos yeux et dans tous ses détails l'usine à gaz de Châlons. La voici réalisée par l'obligeant concours de M. Faure. Vous voyez que nous avons essayé ce que font, nous a-t-on dit, les Américains du nord (1) ; nous avons transporté l'usine, sans déranger les locataires.

Voici la cornue remplie de houille et logée dans sa fournaise. Le charbon chauffé au rouge blanc, à l'abri du contact de l'air, distille et laisse échapper avec le gaz de l'éclairage, qui est une combinaison d'hydrogène et de charbon, diverses substances que nous allons successivement rencontrer dans le parcours et l'examen des différentes parties de l'appareil.

Le gaz vient d'abord barboter dans un premier cylindre à demi rempli d'eau et qu'on nomme le barillet. Là se condensent en partie les vapeurs ammoniacales, l'un des produits de la distillation. Il s'y arrête également une portion de ces matières empyreumatiques et bitumineuses qui forment le goudron de gaz. A l'issue du barillet, les gaz circulent et se refroidissent peu à peu dans un long tuyau en fonte, légèrement incliné et aboutissant à une capacité cylindrique, dont l'axe est vertical, et qui contient du coke en morceaux. Les gaz se tamisent en traversant la capacité et abandonnent la presque totalité des matières goudronneuses, qui se rendent dans un réservoir spécial.

Au sortir du cylindre à coke, le gaz passe dans deux vases laveurs successifs, où s'achève la condensation des vapeurs ammoniacales.

Enfin et en dernier lieu, on procède à l'épuration proprement dite.

Parmi les substances gazeuses qui accompagnent l'hydrogène carboné au sortir des laveurs, figure d'abord l'acide carbonique, notre vieille connaissance ; c'est un gaz incombustible, nuisible pour l'éclairage et auquel,

(1) Conférence de M. Jules Remy.

par conséquent, il faut dire : on ne passe pas. Nous trouvons de même dans le mélange une autre combinaison d'oxigène et de charbon, l'*oxide de carbone*, très-combustible, sans nulle odeur, et que nous pouvons laisser passer sans inconvénient. Vient enfin ce gaz formé d'hydrogène et de soufre, l'*hydrogène sulfuré*, qui est la véritable bête noire de la fabrication du gaz, et qu'il faut traquer avec une rigueur impitoyable. Il exhale la plus insupportable odeur, qu'on n'oublie plus dès qu'on a fait sa connaissance. Je tiens ce flacon à la disposition des amateurs. Voici ce qu'il fait des peintures à base métallique (expérience avec l'acétate de plomb) ; il noircit l'argenterie ; il est éminemment délétère ; quelques litres dans l'atmosphère de cette salle la rendraient intolérable ; quelques mètres la rendraient mortelle.

L'épuration complète du gaz est donc essentielle, et doit être surveillée avec un soin minutieux. Les produits gazeux traversent une série de claies recouvertes de chaux vive qui fixe l'acide carbonique et l'hydrogène sulfuré. Si l'épuration est suffisante, un papier imprégné d'acétate de plomb et plongé dans un courant de gaz doit conserver sa blancheur.

Des épurateurs, le gaz se rend au gazomètre et se distribue ensuite dans les conduits souterrains qui alimentent les brûleurs.

Il est dans l'emploi du gaz de l'éclairage un inconvénient que nous ne pouvons passer sous silence. C'est la malheureuse propriété qu'il possède de former avec l'air des mélanges explosifs. Chaque jour nous apporte le récit de quelque accident résultant de ces mélanges. Nous ne saurions y prêter une trop grande attention. Lorsqu'une fuite nous est révélée par l'odeur particulière du gaz, nous devons établir promptement une aération complète, un mouvement d'air dans le lieu envahi ; il faut éviter d'y pénétrer avec une bougie allumée ; il serait bon d'être muni d'une lanterne de sûreté, comme les mineurs en emploient et dont nous parlerons tout à l'heure ; car, c'est surtout dans les mines que les explosions de gaz amènent de cruelles catastrophes. Il se dégage dans les houillères un gaz désigné par les ouvriers sous le nom de *grisou*, analogue par sa composition avec celui qui nous occupe, et qui détonne de même par son mélange avec l'air.

Dans les mines, les précautions les plus minutieuses sont prescrites. Une aération énergique est produite dans les galeries. L'ouvrier est muni d'une lanterne de sûreté, ou lampe de Dawy, dans laquelle la capacité intérieure est séparée de l'air ambiant par une série de toiles métalliques dont l'action mérite d'être exposée sous vos yeux (expérience démontrant que la flamme d'un jet de gaz ou d'une bougie est coupée en deux par une toile métallique, et ne peut se communiquer spontanément de l'autre côté de la toile ; explication à cet effet).

Malgré tous les soins, malgré toutes les précautions, des accidents terribles se produisent de loin en loin dans les houillères ; alors que de douleurs, que de larmes !

Ah ! Messieurs les ouvriers, laissez-moi vous le dire : J'ai été ouvrier comme vous ; je suis directeur d'une école d'ouvriers, et j'ai le droit de vous rappeler que vous avez le tort de mépriser le danger avec lequel vous vous familiarisez tous les jours. Vous n'écoutez pas volontiers les observations de ceux qui cherchent à vous mettre à l'abri de votre propre imprudence. N'oubliez pas que l'homme a asservi la matière, et l'a arrachée à son sommeil éternel ; il l'a pliée à tous ses besoins et à tous ses caprices ; il a dompté toutes les forces de la nature, il leur a demandé

la puissance, Il leur a demandé la vitesse, et par ce
double levier, il a agrandi dans une mesure inouïe les
forces vives du travail et de la production. Or quand la
matière peut se venger de son tyran, elle se venge ; quand
elle peut nous saisir dans son terrible engrenage, elle
nous déchire, elle nous mutile, elle nous tue. Ah ! le travail et le progrès, sous toutes leurs formes, c'est notre
champ de bataille ; et comme les autres, il compte ses
héros, ses blessés et ses morts.

III.

Après ces développements techniques dont je vous prie
de pardonner l'aridité, en raison de l'intérêt sérieux et
pratique qui s'y attache, abordons un ordre d'idées tout
différent.

Je manquerais à tous mes devoirs envers le charbon, à
tous mes devoirs envers vous, Mesdames, qui venez de
vous montrer si bienveillantes et si gracieuses, si j'ou-
bliais de vous parler de ces couleurs nouvelles, de ces
couleurs magnifiques qui, sous les noms poétiques d'aniline et de fuchsine, ont enrichi la palette du peintre et
créé pour vos tissus ces tons veloutés et harmonieux que
votre goût a désormais consacrés et que vous connaissez
sous les noms de bleu de Parme, de bleu de Lyon, d'azéaline, de Magenta et de Solferino. Je place sous vos yeux
des dissolutions diverses et ces nombreux échantillons de
soie et de laine aux teintes variées des couleurs d'aniline.

Quand je songe que ces couleurs sont extraites, par un
miracle de manipulations, de cette impure et abjecte matière qu'on appelle le goudron de gaz, et par conséquent
qu'elles dérivent du charbon, je me demande si le chimiste n'a pas découvert là l'un des plus admirables secrets

de la nature qui répand avec tant de profusion les couleurs de l'arc-en-ciel sur les pétales de la fleur, sur les ailes de l'insecte et sur les plumes de l'oiseau.

Je manquerais à tous mes devoirs encore si, parlant du charbon, je négligeais de mentionner l'un de ses titres de noblesse.

Imaginez un roturier, parvenu et richissime, et qui découvre tout-à-coup dans quelque parchemin poudreux que l'un de ses aïeux accompagna Saint-Louis ou Philippe-Auguste à la croisade. Comme il va s'inscrire au Moniteur ; comme il va se pourvoir auprès du garde-des-sceaux, pour ajouter à son nom, peut-être un peu trivial, le nom glorieux et retentissant de ses ancêtres.

Guy, par exemple, Guy de Lusignan ou de Montmorency ; .quelle auréole, Messieurs, quelle métamorphose ! Hélas ! ce n'est qu'un rêve qui s'évanouit avec les battements de vos mains : je demeure Gros-Jean comme devant. Cependant que le charbon a toutes sortes de droits à une rectification dans son état civil. Il est, je ne dirai pas le frère, ne voulant pas me créer quelque méchante affaire avec l'une des puissances de ce monde, mais le proche parent, le cousin germain au moins, de cette substance brillante, cent fois plus précieuse que l'or, le diamant, parure suprême de la jeunesse et de la beauté.

Oui, Mesdames, et j'en suis bien fâché si ça le blesse, mais le diamant ce n'est que du charbon, du charbon pur, cristallisé, sans mélange.

Imaginez en cette place un des maîtres de la parole et de la pensée, et je le demande, quels magnifiques contrastes, quelles brillantes antithèses sortiront de ces profondes différences dans la plus étroite parenté. Le philosophe chrétien y verra l'homme avant et après sa chute. Le savant et le naturaliste y trouveront des analogies

entre le blanc et le noir; le blanc, le caucasique, le beau,
comme vous et moi, et le noir misérable, le nègre à la tête
osseuse et crépue et dont la figure est une grimace. Et
pour le démocrate farouche, quel thème naturel de com-
paraisons entre le gandin brillant et inutile et le prolé-
taire courbé sous le poids du travail et la chaleur du
jour. Comme nous l'entendrions lui lancer, à ce brillant,
à cet oisif, cette foudroyante apostrophe : va, couche-toi
sur le velours; brille, étincelle, pare; mais au fond tu n'es
que le plus dur et le moins utile des charbons.

Cette objection, Mesdames, qui se suspend à vos lèvres,
ne me la dites pas, je la devine. Que ne faites vous du
diamant avec le charbon. Mais songez-y; le jour où nos
mines de houille seront transformées en des rivières de
diamants, vous nous demanderez de vous conserver un
reste de charbon pour en former votre parure. Eh ! prenez
garde, faites vos provisions d'avance, car à l'heure même
où je vous parle, des centaines de chercheurs sont pen-
chés sur leurs creusets, travaillant à ce nouveau grand
œuvre, à cette pierre philosophale de la chimie moderne.
Ont-ils réussi jusqu'à présent? Non. Réussiront-ils ? C'est
probable; et voilà qu'ils ont déjà résolu la moitié du problème: ils ne font pas encore du diamant avec le charbon ;
mais ils sont parfaitement en état de faire du charbon
avec vos diamants. Le voulez-vous ?

L'heure est écoulée, Messieurs, j'arrive au terme de ma
course. Ai-je tout dit sur le charbon? Ah ! le sujet n'est
effleuré qu'à peine. Demandez-le au chimiste, demandez-le
au médecin, demandez-le surtout au naturaliste. Je n'ai
pas même dit un seul mot de l'admirable phénomène
de la respiration des plantes.

Ces torrents d'acide carbonique, et par conséquent de
charbon versés dans l'atmosphère par les mille foyers que

nous allumons, que deviennent-ils ? Nous-mêmes, quand nous respirons, nous absorbons l'air, nous exhalons l'acide carbonique ; que devient-il ? C'est que les plantes respirent à leur tour et à pleins poumons ; leurs poumons ce sont leurs feuilles. Elles aspirent l'acide carbonique, et la nuit, à la douce clarté des étoiles, au souffle de la brise, quand les mouille la rosée, le mystère s'accomplit. Elles reprennent, elles s'assimilent ce charbon que nous croyions perdu ; elles rendent à l'air son oxigène, lui conservant ainsi son éternelle jeunesse, son éternelle pureté ! Admirables harmonies de la nature ! Ah ! que l'homme attache son regard sur la plus humble, sur la plus infime des molécules de la matière, qu'il l'enfonce aux profondeurs des cieux, qu'il le plonge dans les entrailles de la terre, toujours, toujours il se trouve en présence de la grandeur sublime, de la majesté des œuvres de Dieu...........

Aimons la science, Messieurs ; aimez-la, vous surtout pour qui spécialement ces conférences sont faites. Soyez curieux demain comme vous l'êtes aujourd'hui ; car, par la science, l'homme grandit, il s'élève, il monte jusqu'à son créateur ; il soulève un coin du voile qui lui dérobe le passé, qui lui cache l'avenir ; il entrevoit comme une lueur des grandes destinées qui l'attendent ; et alors nous devenons meilleurs ; nous nous sentons incapables de la haine. On est comme envahi par un amour indicible ; non cet amour facile et naturel qui fait voler les cœurs vers cette fleur de la création qui s'appelle la femme ; mais d'un saint et indomptable amour pour tout ce qui souffre, pour tout ce qui pleure, pour tout ce qui prie.

COMPTE-RENDU

des Soirées littéraires et scientifiques,

Par M. E. MARTIN.

———

Malgré sa langue sévère et méthodique, la chimie donne parfois naissance à des alliances de mots bizarres, et que n'eussent pas osé rêver les poètes les plus hardis. L'eau, générateur du feu, disaient les chimistes du siècle dernier, cités l'autre jour par M. Faure; le charbon, source de lumière, nous disait hier M. Guy, avec les maîtres de la science moderne. C'est vraiment le cas de s'écrier *lux ex tenebris;* mais imitons M. Guy, *lequel s'est borné à nous faire entrevoir les antithèses que pouvait faire surgir un pareil sujet.*

A une première conférence, M. Guy avait surtout montré le charbon au point de vue géologique, et, en même temps, il avait déroulé devant nous la liste des services immenses que la houille a déjà rendus à l'industrie. Vendredi dernier le géologue a fait place au chimiste; et celui-ci n'avait devant lui un champ ni moins vaste, ni moins fécond. Le mot *carbone* est comme le *quoi qu'on die* de Molière: on peut entendre là-dessous un million de choses, et, pour n'en citer qu'un exemple, le professeur peut, sans sortir le moins du monde de son sujet, parler, dans une même soirée, du diamant et du gaz d'éclairage. Le dirai-je, puisque ce rapprochement est venu sous ma plume, n'est-ce pas pitié de voir à quel degré infime les chimistes, cette race *audax omnia perpeti*, ont rabaissé le diamant orgueilleux ? A les entendre, il n'y aurait pas une énorme différence entre une houillère de Newcastle et les mines de Golconde. Rien ne les arrête, d'ailleurs, et Michelet a pu dire : « Je fais peu de cas des diamants ; les diamants vont courir les rues. M. Berthelot, qui refait la nature en partie double, qui crée tant de choses vivantes, bien plus aisément encore va nous prodiguer des diamants. » Il est vrai qu'on pourrait appliquer aux savants le mot du poète latin : *Video meliora... deteriora sequor.* Avec du charbon ils voudraient faire du diamant, et ils n'ont réussi encore qu'à donner au diamant l'humble apparence du charbon.

Nous parlions tout-à-l'heure du gaz d'éclairage. Plus que le diamant, un pareil sujet devait fournir et a fourni à M. Guy des aperçus curieux, et à l'intérêt desquels ajoutait encore une courte digression sur l'éclairage au gaz à Châlons. Nous goûtons beaucoup, pour notre part, ces détails presque intimes et qui étaient cependant nouveaux pour beaucoup d'entre nous. Nous avons fait avec M. Remy le tour du monde ; il serait bien curieux aussi de faire le tour du monde châlonnais ; peut-être, en effet, mettons-nous, en France, une trop grande discrétion à connaître ce qui ne regarde que la ville que nous habitons. Je livre à qui voudra le prendre un joli sujet de conférences, et encore inexploré : Châlons expliqué aux Châlonnais.

Depuis six mille ans qu'il y a des hommes, et qui pensent, il y a une histoire qui s'est renouvelée bien souvent, c'est celle de l'inventeur. Philippe Lebon, l'homme presque ignoré qui découvrit l'éclairage au gaz, eut le sort de tous ses pareils, et il n'eut pas même en retour la gloire que quelques-uns ont acquise. Il est à regretter que M. Guy n'ait pas insisté plus longtemps sur ce point : nous aurions eu le récit des luttes et des déboires du pauvre ingénieur champenois qui mourut chassé de sa patrie par l'indifférence publique, et avant d'avoir pu réaliser ses idées. *Maître Guérin* a raison : on meurt toujours de son invention. Le succès est aux sous-inventeurs (1).

J'aurais voulu terminer cet article, écrit un peu à bâtons rompus, par une nouvelle critique ; mais je sais trop maintenant le sort réservé à la plus inoffensive, même quand elle est entourée des plus grands éloges. N'eût été cette réserve que je m'impose, j'aurais dit à M. Guy que le marivaudage est une chose charmante, même dans la science ; que les entretiens de M. de Fontenelle avec la marquise de G...., sur la *Pluralité des Mondes,* sont du dernier galant, mais que l'excès en tout est un défaut, et que Voltaire a écrit ce vers excellent :

Glissez, Français, n'appuyez pas (2).

(1) Belle tirade sur les inventeurs. C'est dommage qu'elle porte absolument à faux par rapport à notre Philippe Lebon, ingénieur des ponts et chaussées, qui mourut à Paris, le 2 décembre 1804, à l'âge de 36 ans, riche et justement considéré.

(2) Glissez, *mortels,* n'appuyez pas.

Ce vers charmant, attribué par M. E. Martin à Voltaire, est de P.-Ch. Roy, poète du xviiie siècle.

Châlons-sur-Marne. — Imp. H. Laurent.